다만 보라를 듣다

다만 보라를 듣다

강기원 시집

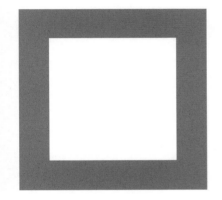

민음의 시

292

민음사

북두칠성에 흰 우유를 뿌리는
유목민의 마음으로…….

2021년 11월
강기원

차 례

1부

2부

3부

4부

작품 해설 | 송재학(시인)

1부

현관

나는 밤의 현관에 서 있는 사람

현관에 고인 찬바람 속의 사람

한 발은 안에
한 발은 밖에

가물가물 걸치고

가만히 서서 발에 물집이 잡히는 사람

고개 든 채 잠든 오령의 멧누에 꿈속처럼

무릎 없이 변모를 기다리는

죽은 것도 산 것도 아닌,

여울고양이

날 길들일 생각은 말아요
쓰다듬으려 하지도 말아요
재미 삼아 공중으로 던지면
검은 나비처럼 사뿐히 내려앉을 기대는
아예 말아요

물속의 집

가르릉을 버리니
아가미가 생기더군요
담을 넘지 않으니
부레가 부풀어요
긴 꼬리 감추니
어이없는 지느러미가 돋았죠

발톱마저 버렸지만
눈동자, 당신을 담았던 눈동자만은
그럴 수 없어
여전히 눈 속에 달을 품은

나는
고양이물고기
물고기고양이

자갈 여울 속
썩어 가는 강처럼
사라져 가요

나비잠자리 다리

누가 이렇게 예쁜 이름을 지어 줬을까?

나비잠자리 다리 아래를 지나며
우리가 될 수 없던 우리는
서로에게 물어보았지

나비도 잠자리도 올 리 없는 겨울에
가느다란 나비잠자리 다리처럼 위태로운 날들을 건넜지

부서지기 쉬운 담청색 날개
눈부시게 산란하는
검고 푸른빛

원인을 알 수 없는 편두통이 계속되었어

나비 닮은 잠자리 나비잠자리
잠자리 닮은 나비 잠자리나비

투명잠자리나비는 날개가 너무 투명해서 그저

아른거리는 것 같다고 네가 말했던가

나비잠자리에서 잠자리나비로 끝날 사랑을 말하는 것 같았는데

다리를 건너와 뒤돌아보니
다리는 온데간데없이
방금 전까지 들었던 네 목소리는 잔향도 없이

계절을 잊고 잘못 찾아든 곤충처럼
나는 혼자 서 있네

갈림길 많은 여우길 한가운데에

물 도서관*

저 물이 왠지 너인 것만 같다
빙하 속으로 걸어 들어가
얼음 화석이 된 네가 녹아 버린 물

도서관 낭하를 빙하의 속도로 걸어
얼음의 책, 첫 장을 연다

투명한 기둥 안에서 빙하는 조용히 숨 쉬고 있다
잠들어 있다, 유일하게 녹지 않은
네 아름다운 눈동자를 건질 수 있을까

일찍이 나는 지상에서 가장 온도가 낮은 사람으로
너를 지목한 적 있었지
언젠가 너라는 빙하를 녹여 내고 싶었지만
그럴 수 있으리라 믿었지만
나의 탄생화는 실레네 스테노필라
삼만 년 만에 피는 꽃이다

아이슬란드 유빙이 되어 거대한 빙벽을 바라보는 느낌

크레바스 속으로 한없이 떨어져 내리는 느낌
머리 위에 만년설이 얹히는 이 느낌은 뭘까

얼음 살, 얼음 피, 얼음 심장
네 피는 저렇듯 푸르스름할 것 같다
머릿속에 가득 찬 뜨거운 글자들이 녹아내린다
네게로 다 건너가지 못한 글자들

빙하의 푸른 숨 속에
블루 라군의 뜨거운 한숨이 섞여 있다
빙하와 화산이 공존하는 아이슬란드
네 속에도 숨 쉬고 있을 휴화산

한 몸뚱이 안의 얼음과 불 감당하지 못한 채
다시 네 앞에 서다니
이목구비 없는 너를 알아채고야 말다니
내 안의 넌 이미 죽었는데 자꾸 잊는다, 그 엄연한 사실을

빙하 속에도 미로가 있다

아이젠 차고 얼음 골목길 더듬어 걷듯
스물네 개 유리 기둥 돌아 나오는 동안
팔이 다 녹아내려 문을 열 수가 없다

* 미국의 현대미술가 로니 혼(Roni Horn)은 아이슬란드에 물 도서관을 세
  웠다. 천장에서 바닥까지 이어진 스물네 개 유리 기둥에 빙하 녹은 물이
  담겨 있다.

호금조

원색의 물감을 엎질렀다

파랑, 빨강, 보라, 검정, 초록, 노랑, 자주……

흘러내려 섞이지 않고 층층이 쌓였다

희한하고 아름다운 무지개 탑이었다

빨간 탑 꼭대기에서

노란 노랫소리가 흘러나온다

들어본 적 없는

모린 호르(Morin khuur)

죽은 말은 갈기로 운다

죽은 말이 달려온다
쉼 없이 달려가는 사얀산맥처럼
달려온다
지축이 울린다
죽음 속 싱싱한 울음처럼 울린다

생전에 서서 잤던 말은
잠 속에서도 달렸고
죽음 속에서도 달린다

모린 호르
모린 호르

죽은 말은 갈기로 운다

달리고 달려와
밤의 허파 같은 달을 넘어

잠들지 못하는
죽지 못하는
내 귓속에 긴 숨을 불어넣는다
단내 나는 숨을

떼로 있어도
홀로였던 말

죽은 말이 한 사람을 껴안고
오래오래 달리고 있다
오래오래 울고 있다

숨은그림찾기

물이 반쯤 담긴 컵 속에
그의 입술이 남아 있다

허수아비처럼 걸린 옷 속에
그의 팔이 조금 남아 있다

해바라기하던 흔들의자의 한쪽 다리
가만히 보니 흔들리던 그의 다리다

테 굵은 안경 속에
수심을 알 수 없던 눈빛

분신 같던 검은 가방 속
웅크린 그림자가 담겨 있다

필사 노트 위 잘린 손가락 같은 펜

여전히 그의 냄새를 붙들고 있는 방 안

주인 잃은 손전화 벨소리 아득히 울려온다

환청인 듯 아닌 듯

호미*

당신을 부르는 노래다

인후 깊숙이 묻어 두었던 배음과
심장에서 키우던 검은방울새 입술을 열어
방울방울 선홍색 피가 목젖에 맺혀
노래에 섞여 들기까지

한 목에서 나오는 두 목소리로
부르고 또 부르는 노래

잠들었던 푸른 늑대가 달려온다
묘성의 성단이 떠오른다

귀 먼 당신만 그 자리 그대로
오지도 가지도 않는, 있지도 없지도 않은
얼굴을 그리느라 다 써 버린 날들

북두칠성에 흰 우유를 뿌리는 유목민의 마음으로
품었던 당신

복화술로 부르는 정령의 노래로 씻어 내려 한다
탯줄을 던지듯 바닥 모를 호수 속으로 보내려 한다

모래시계를 몇 번이나 뒤집어야 이번 생이 뒤집힐까
화살촉 하나로 일곱 개의 별을 쏘는 날이 오기는 올까

못다 부른 흐미, 주술 같은 유목의 노래가 먼 곳에서 메
아리처럼
들려온다

떠나야만 생기는 고향, 지천이던 고향, 당신이라는 고향이
더 이상 그립지 않다

*몽골의 전통 음악.

늙은 手巾

평생 당신을 훔쳐 왔습니다
얼굴의 등고선, 손금의 미로, 겨드랑이와 음부, 굽은 새
끼발가락
머리카락 한 올 한 올까지

끝내 훔칠 수 없던 심장과 쓸개가 있습니다

싱싱했던 무늬와 색이 무엇이었든
남은 빛은 멍빛

얼굴에서 발로
발에서 바닥으로

더 이상 낮아질 수 없는 자리

발뒤꿈치 갈라진 늙은 아내처럼 엎드려
여전히 쓰다듬고 어루만집니다

바다의 푸른 기억을 잃어버린 갯솜동물 같은 건(巾)
건(巾)의 수(手)

실연 박물관

기르던 카나리아의 주검을 박제로 만든 후 이른 아침마다 박제의 울음소리를 들었다. 높고 노란 울음. 놓친 인연과 놓아 버린 인연, 우연과 필연, 악연까지, 연(緣)과 연(緣)을 거미줄처럼 한곳에 모아 놓으면 박물관이 된다. 귓속말로 전해지던 밀어가 누설되어 액자에 들어가 있다. 인형, 자동차, 생강 쿠키, 자른 머리카락, 편지, 서표, 일기장……의 박제들. 환(幻)이 멸(滅)한 뒤 흉터로 남은 환부에 조명등이 밝다. 여전히 진행 중인 이별. 잊는 법을 잊어버린 무채색 얼룩들 곁에 기억의 지우개가 판매 중이다. 어디를, 얼만큼 지워야 하는가? 터럭 한 올 한 올, 그림자 뒤의 그림자까지…… 지웠다 여기고 그대는 이 별에서 저 별로 무사히 건너갔는가?

장마

수십만 마리 물뱀이 내려온다
짝짓기에 실패한 수컷들이 떼로 몰려와
땅에 주둥이를 부딪쳐 웅덩이를 이룬다

너를 보낸다, 보내려 한다

제 가슴털 뽑아 알 품는 비오리처럼 품었던 너를
보낸다, 보내려 한다

눈먼 자와 귀 먼 자의 만남이어서
너와 나의 조차는 늘 백중사리

너와의 이별은
지루하고 꿉꿉하고 끈덕지다
잘라도 잘라도 다시 솟는 히드라의 머리처럼
수도 없이 되풀이 되었던 이별

몇 번째인지 헤아려 보는 것은
물뱀 수를 세는 것과 진배없다

붉은 배와 검은 혀를 감추고
무람없이 공중을 메우는 무자치 떼

이번만은, 이번만은 다짐하며
살 부러진 우산을 쓰고 간다
내 안으로 쏟아지는 물뱀 떼 속으로

비익조

　안개 자욱한 밤, 죽은 당신이 꿈속으로 건너와 배가 고프다는군요. 생시에 좋아하시던 닭곰탕을 끓일까 하여 냉동고 속 잠든 레그혼을 꺼내자 녀석의 날갯죽지가 갑자기 푸드덕거려요. 볏도 없는 목을 꼿꼿이 들어요. 저승 밥을 못 드셨나 허기로 채근하는 당신, 하는 수 없이 물에 통째로 넣어 한소끔 끓였을까? 뚜껑을 여니 흰 깃털로 뒤덮인 닭, 생시처럼 울리는 높은 울음소리, 더 놀라운 건 당신이었죠. 아랑곳 않은 채 푸들거리는 닭을 건져 한쪽 날개와 한쪽 다리를 뜯어 먹는군요. 반만 남은 순백색 레그혼, 절뚝거리며 온 집 안을 헤집고 다녀요. 녀석을 잡느라 허둥지둥하는 사이 당신이 보이질 않네요. 멀리 뱉어 버린 뼛조각인 듯 박혀 있는 그믐달. 먹다 남긴 보얀 국물이 은하처럼 고여 있어요. 온몸에 오드드드 두려움 없는 소름이 돋아나 절벽 같은 밤의 문을 엽니다. 안락사 집행인처럼 들어서는 차디찬 함석빛 안개. 당신은 자취도 없이 사라지고 깨어나지 않을 꿈속, 내 반쪽이 뭉텅 잘려 나간 걸 이제야 알아차려요. 흰 깃털이 무성히 덮이는 밤이에요.

액자 속의 이별

희부연 새벽

그는 태양을 향해 돌아서고
그녀는 그믐달처럼 등 구부린 채

그는 침착하게 붉은 넥타이를 매고
그녀는 푸르스름한 알몸인 채

그의 머리카락 사이로 황금빛 먼지 너울거리고
그녀는 한 덩이 어둠인 채

그는 단정하고
그녀는 흐트러진 채

그는 아무 말이 없고
그녀는 흐느낌인 채

그는 조용히 액자 밖으로 사라지고
그녀는 다만,

메르헨

친구가 생겼어요 엄마 이니셜만 말해 줄게요 a와 t에요 a는 삼백 년 전에 죽은 남자애 t는 사십 년 전에 죽은 여자애 a가 먼저 오고 곧이어 t를 데려왔죠 우린 만나면 시간 가는 줄 모르고 놀아요 창백한 얼굴에 새벽노을이 홍조처럼 번질 때까지 어제는 실핏줄을 뽑아 실뜨기를 했고요, 그제는 셋의 머리카락을 모아 사막에서도 튀어오르는 공을 만들었어요 우리들 옆에서 생쥐는 날개를 얻어 박쥐로 날아오르고 잿빛 샴고양이는 털을 파랗게 바꿔요 고장난 벽시계는 멀쩡히 돌아가고요 엄마가 간식을 챙겨 주지 않아도 배고프지 않아요 친구들이 소리를 질러도 잠든 엄마가 듣지 못하니 우린 맘껏 구르고, 뛰고, 괴성을 지르며 온 집 안을 돌아다닌답니다 친구들은 나보다 우리 집을 더 잘 아는 듯해요 붙박이장 속에 그렇게 깊은 숲이 내 침대 밑에 그렇게 긴 지하 창고가 있는 줄 누가 알았겠어요 주방의 그릇들이 밤마다 그리 수다를 떠는지 어찌 알았겠어요 누군가 흘린 피에서 엄마 냄새가 난다는 것도 새삼 알게 된 사실이에요 밤새 놀다 지친 나는 자꾸 잠이 쏟아져요 암막 커튼 뒤에서 부화가 먼 알 속인 듯 자고 또 자요 낮빛이 점점 친구들을 닮아 가요 깨우지 말아요 엄마, 내

생일도 기억 못 하는, 가출을 해도 모르는, 꿈마다 울며 찾아야 하는 엄마는 이제 안녕! 내게도 친구가 생겼거든요

마리

마리,
몸을 꿰매 줄까?
벌어진 틈, 해진 곳, 피가 새는 곳을
한 땀 한 땀 기워 줄까?

사라지지 않는 흉터 위엔 레이스를 덧대 화사하게
메울 수 없는 검은 구멍은 햇솜을 채워 구름처럼 부풀게
일곱 개의 손가락엔 말미잘처럼 많은 촉수를
무릎 아래 잘린 다리엔 아찔한 하이힐을 신겨 줄게

마리,
52헤르츠 고래 같은 마리,
먼 곳을 바라는 얼굴 위엔 거울을 붙이자
널 바라보는, 네가 바라보는 사람마다
마리일 수 있게

마리,
네가 엎드린 곳, 네가 주저앉은 곳, 네가 모로 쓰러진 곳
그곳은 어디나 한 마리 섬

아름다운 섬 한 마리

오고 있니, 마리?*

* 일본 사진작가 마리 카타야마(Mari Katayama)는 일곱 개의 손가락, 절
단된 다리를 가진 자신의 몸을 오브제로 작업했다.

2부

비밀 정원

더러운 우리 속에서 뒹굴던 그는
그 넉넉한 살집 속에 아무도 모르게
꽃을 피우고
낙엽을 떨구고
갈매기를 기릅니다

불그레한 뺨 옆에 핀 꽃은
덩달아 분홍이요
갈매기 접은 날개는
언제 푸드득거릴지 모를 일이지요

허기진 이들이야 그저
꽃살, 낙엽살, 갈매기살, 항정살……
구워 먹기에 바쁘지만
그게 다 그에게는
아름다운 비밀 정원이었던 셈입니다

누구나 비밀 한 뙈기쯤 깊은 살 속에 숨겨 놓고 있듯이

먹태

날이 추워 하얗게 된 백태
속이 붉고 딱딱한 골태
몸통 잘린 파태
머리 잘린 무두태
흑태, 깡태, 망태, 조태, 쫄태, 짝태, 바람태, 바닥태……

이 모든 걸 먹태라 부르면 안 될까
황태로 가는 길 위에서
다만 먹먹해지고 막막해진 저것들을

덕주와 화주 사이에서
베링해와 진부령 사이에서
할복과 관통 사이에서
산 것과 죽은 것 사이에서
너나없이
피 마르고 살 마르는 일월 속에서

황태가 되지 못한 것들의 이름을
내 이름처럼

지끈거리는 형제들처럼
중얼중얼 불러 보는
속 쓰린 아침

검은 봄*

상상임신한 독수리가 한 달째 돌멩이 품는
봄
대관령 햇무리 아래 세 개의 태양이 뜨는
봄
서서히 식어 가는 백색왜성, 속수무책 바라보는
봄
대지의 하혈, 붉은 비 흐르는
봄
눈물의 온도는 37.5도, 굽이굽이 37.5도 부글거리는 파도
에서
봉분 냄새 피어나는
봄
달력이 멈춘 4월, 죽은 아이들 웃음소리 울리는 빈 교실의
봄
누구나 읽어 버린 낡은 소설 같은
봄
누렇게 변색된 낱장 다시 들춰야 하는
봄
서릿발 같은 자작나무, 스스로 가지치기하는

봄
그
러
나
땅속의 폐쇄화를 기다리는 고마리의
봄
눈먼 자의 말라붙은 동공에서 만개하는 붉은 국경찔레의
봄
어린 비오리 분홍 발가락 사이로 동강이 함께 날아오르는
봄

* 헨리 밀러.

달빅의 달빛

아이슬란드 달빅에선 고래 가죽 의상 쇼가 열린대

나는 상상해
집어등 같은 달빅의 달빛 아래 고래가 된 사람들
가슴지느러미 늘어뜨린 채 고독한 섬처럼 걸어가는 걸

스스로 해안가로 밀려와 죽은 혹등고래
고래가 선택하는 죽음의 방식
아무리 외쳐도 대답이 없을 때
고래는 죽음을 택한대 상한 고막을 끌고 뭍으로 향한대

혹등고래의 검은 껍질 뒤집어쓰고
바다의 낙타처럼 거니는 자들
느리고 조용히 심연으로 향하는
유령들의 유영

등지느러미 사라진 고래 귀신이 떠도는 달빅의 밤은 얼마나 아름다울까
극지에서 대양으로 밤새 이어지는

혹등고래가 짝을 찾는 노래

아이슬란드 해안선에 머나먼 귀를 대고 듣는

고래 배 속 같은 밤

기벽

퇴근 후 그는 낮의 성실함을 이어 어김없이
삽을 들고 밤의 무덤으로 향한다

그의 구석진 방 안은
인형들로 가득하다
낮빛은 밤처럼 어두우나
달빛처럼 반짝이는 인형들
서 있지 못하고
눈 감은 채 비스듬히 눕거나
기대앉아 있는 미라 인형들
식은 몸에서도 머리카락은 자란다

그가 없는 낮 시간
인형들은 입 다문 채
아무에게도 전하지 못했던
땅속에서의 날들을 얘기한다
꽃처럼 짧았던 지상의 날들에 대해서도

차가운 심장의 말들이

소리 없이 몸에서 몸으로 전해진다

오늘 밤, 그의 기이한 보살핌으로
또 한 구의 소녀가
시취를 벗고
검은 인형으로 살아날 것이다

고마리 폐쇄화

마닐라 톤도 쓰레기 마을에서도 별 같은 아이들은 자꾸
태어난다

　　　　　　　　태어나자마자 무덤인 탄생이 있다
　　　　　　　　밤에서 밤으로 피어나는 폐쇄화

녹슨 못에 찔려 피 흘려도 폐수의 검은 강을 헤엄치는
아이들

　　　　　　　　살아서도 죽은 듯, 죽어서도 산 듯,
　　　　　　　아무도 봐 주지 않는 꽃 아닌 꽃이 피고

달리는 트럭 위에 올라타 쇳조각을 빼내, 다시 길 위로
뛰어내리는 어린 목숨이 있다

　　　　　　　　날아가지도 터지지도 못하는 멍울, 망울

이틀 동안 모은 페트병을 팔아 빵 한 조각을 쥐는 때 절은
손바닥

땅속의 박각시나방애벌레처럼 견디는
캄캄한 날들

어린 가장이 되어 쓰레기산에 파묻혀 살아도
댄서, 엔지니어, 트럭운전수가 꿈인 톤도의 벌거벗은 별
들이 있다

이것밖에는 길이 없어, 정말 이것밖에는 할 수 있는
일이 없어
처음으로 화대를 받아 든 어린
분홍녀이듯 문득, 어둠 속에 홍등을 내거는 다만, 다문
꽃

빈 관

텅 빈 관을 놓고 장례를 치른다

몸이 식기 전 딴저테이는 실려 갔다
지금쯤 간과 신장, 각막과 피부가
차례차례 적출되고 벗겨지고 있을 것이다

단신의 몸뚱이가
텅 빈 관이 되고 있는 동안
창밖 벗나무 흐드득 흐드득 꽃잎을 벗는다
단속반에 쫓겨 추락하는 젊음처럼

새삼스레 빼낼 것도 없이
간, 쓸개 다 빼어 놓고 살았다 했다
검은 구덩이 속 납작했던 날들

골분을 찾아가겠느냐
동료들에게 물었을 때
아무도 대답하지 않았다

혼(魂)과 백(魄)의 자리는 어디쯤일까

귀(鬼)는 귀(歸)라 했으니
삼혼은 구름으로
칠백은 흙으로 돌려놓고
빈 몸으로 가벼이 그는
한국으로 돌아올 것인가
미얀마로 돌아갈 것인가

염(殮)도, 곡(哭)도 없이 조용한 독경 속에
스물다섯, 딴저테이의 빈 관이
사라진 상제나비 날개처럼
열렸다 닫힌다

이명(異名)

테헤란로를 지나가는 페소아 씨
갸름한 얼굴에 동그란 안경을 쓰고 있다

모자 쓴 카에이루가 그 뒤를 그림자처럼 조용히 따르고

담배를 입에 문 채 길가 카페에 앉아 있던 캄푸스가 일
어나 따라간다

가판대에서 신문을 사던 레이스가 바바리 자락을 휘날
리며 뒤따르고

서치와 모라는 페소아 씨가 갈 길을 앞질러 가고 있다

창문하기를 멈추고 계단을 구르듯 내려와 나는 그들 뒤
를 급히 따라간다

테이브, 크리스, 모어, 마리아 주제는 어디에 있는 걸까

꼬리 물기하듯 이어진 이명의 행렬이 빨간 신호등 앞에

일제히 선다

　하나씩 하나씩 겹쳐져 깡마른 페소아 씨 몸피 속으로
　쑤욱 들어간다

　그리도 무수한 페소아들을 입고 페소아 씨는
　삼성교에서 기다리고 있는 오펠리아를 지나쳐

　대낮의 어둠 속 모퉁이를 돌아 사라진다

　그녀도 나도 다시,
　그를 놓친다

실내 낚시터의 가죽잉어

찌든 담뱃내와 비린내, 흙내 뒤섞인
흐릿한 실내 낚시터
무료한 시간들로 빼곡히 채워진 좌대

헛챔질의 탄식이 이어지는 중에

검은 물속에서
굶주린 가죽잉어 한 마리
떡밥을 물고 튀어오른다
등지느러미에 꼬리표가 꽂혀 있으니
소소한 경품 하나쯤 챙기리라

두 가닥 수염의 미뢰에 아랑곳없이
허락된 먹이는 줄 끝에 달린 떡밥뿐

이곳의 규칙은
낚고 풀고 또 낚고
홀치기에 온몸 너덜너덜해질 때까지
쓰레기 종량제 봉투에 담길 때까지

그래도 명색이 잉어다
비늘 없는 몸뚱이로
물 밖에서나마 크게 용틀임한다
바닥에 저를 패대기치는 가죽잉어

아가미로 붉은 피 흘리는 녀석이
다시 수조에 던져진다
피 냄새에 그의 등지느러미로 몰려드는
허기진 동료들의 주둥이

낚는 자와 낚이는 자
구분이 안 되는
탁한 어둠 속이다

전광판 파도

시내 한복판 전광판 속에서 파도가 친다
넘칠 듯 넘칠 듯
수족관에 갇힌 고래가
밀려와 유리벽에 부딪친다

파도 아래 사람들
물 밑의 부유하는 발걸음들
고래 입속인지 모르는 채 걸어간다
왜 이리 숨이 막히지?
왜 이리 어지럽지?
서로를 의심하며, 흘깃거리며 그러나 무심히
흘러내린 마스크 끌어올려 틈 없음을 다시 확인하고
동공에 서리는 뿌연 풍경을 연신 닦아 내며
마른 물속을 걸어간다

전광판 속의 파도, 파도 속의 고래
1분에 열여덟 번 오가는 파랑을 타고
투명한 벽에 온몸을 쉼 없이 부딪쳐 온다
깨질 듯 깨질 듯

범람의 아슬한 수위를 나누어 갖고 물에 잠긴 도시는
서서히 질식 중이다
  말미잘 같던 말들이 사라지고 우리는 서로의 어종(魚種)
을 분간할 수 없다
  죽은 자와 산 자의 목소리가 뒤섞이는
  임종몽(臨終夢) 속을 아가미 없이, 지느러미 없이 떠간다

우울한 부케

흰 수국 헛꽃의 부케가
눈부신 신부를 끌고 입장한다

수국의 꽃말을
아무도 기억하지 못하는 채

찰칵!

흰 수국이 푸르게
채색 사진이 흑백으로 변하는 시간은

휘문이한 헛꽃이 원추꽃차례로 피어나 몸 뒤집어
땅 바라는 사이, 그 짧고 찬란한 사이

수국의 꽃말이 창백하게 변하는 사이

공갈 젖꼭지

말 배우기 전 입에 문
거짓말

울음도
옹알이도 단번에 막아 버리는

젖무덤은 보이지 않고
돌올한 젖꼭지만

살보다 더 살가운
살보다 더 찰진

빨아도 빨아도
배고픈

물고 빨다
지쳐 잠에 떨어지는

공갈의 위안과

공갈의 평화와
공갈의 유예와
공갈의 포만

공갈 빵도
공갈 너구리도
공갈 협박도 있지만

어르고 달래는 데야
주먹보다 가깝고
법보다 확실한
공갈 젖꼭지

그러나
곧 솟아날 이
연분홍 잇몸으로도
질근질근 씹어 대

결국은 찢어질

거짓 엄마

알고 속고
모르고 속는,

일요일의 고아

고층 아파트 재활용 쓰레기 하치장
커다란 가족사진 판넬이
버려져 있다

세 사람의 환한 웃음이
버려져 있다

기울기가 맞나요?
아니, 오른쪽을 조금 높이
흰 벽지 위 균형이
한때의 아늑이
버려져 있다

말 배우기 전 아이의 젖니 네 개가
버려져 있다

아이 품의 곰 인형
사진 밖으로
버려져 있다

곰의 배를 누르니
덜 닳은 배터리로
사랑해, 사랑해

운다
일요일의 고아처럼

오무아무아

2.7밀리미터
태아의 심장 소리를 듣는다
개미 반 마리만 한 점 속에
조물주는 어떻게
펄떡이는 붉은 심장을 넣으셨을까?

벌새 한 마리 무게, 21그램
영혼의 질량도 채 안 되는
오직 심장뿐인
두근거리는 점

이목구비 없는 이 작은 점 속에도
아(我)가 있는 것인지
점의 식성과 취향대로 그녀는
먹고 자고 깨어난다
소행성 품은 행성이 되어

초음파 화면 속 낯선 별 하나
신의 암호처럼

그녀의 은밀한 바다 위에 떠 있는
오무아무아*

바라보는 동안
내 안의 마른 칼데라, 크게 출렁여
뜨겁게 범람한다

* 태양계 밖에서 온 소행성. '과거로부터 온 메신저'라는 하와이 말.

머뭇머뭇, 희끗희끗

아이가 떠나갔다
아이도 되기 전 아이

겨울도, 봄도 아닌
겨울이기도, 봄이기도 한
입춘의 진눈깨비
하늘의 한없는 망설임처럼
머뭇머뭇
희끗희끗
머무는가 싶으면 사라지고
내리는가 하면 떠오른다
발바닥 없는 사람처럼
만지면 녹아 버리는
눈발
차디찬 발
꿈속에서 잠시 들여다본
눈망울처럼
채 영글지 못한
털어 낼 것도 없는

진눈깨비
누더기 같은 물박달나무 검은 껍질
애기괭이 창백한 꽃잎
둥지에 못 든 어린 딱새를 지우며
온
다
간
다
으깨진 뇌수 같은
진눈깨비

3부

혀

무슨 비밀 품고 있었기에

끓는 물속에서도
입 다물고 죽은
가막조개

어떤 고문에도
입 열지 않은
투사처럼

불 위에서도
굳게 다물었을
단단한 입술
속의 혀

온몸 혀뿐인,

파도의 교실

썰물이 쓸어 갈 수 없던 것들이 해변에 남아 있다

엽낭게의 작은 발, 죽은 별, 부서진 화석, 어지러운 발자
국……

혼(魂)으로 가득한 하늘
백(魄)으로 빽빽한 모래

저승의 여권을 가지고 파도를 배우러 해변으로 왔다
어제의 이야기를 삼켜 버리는* 파도

알비노의 눈동자 같은 해변의 노을
물 없이 삼킨 캡슐이 가슴께에서 터지며
담즙 같은 쓴맛을 밀어 올린다
식도로 밀어 넣은 덩어리가 산산이 역류하듯

파도를 배우는 일은 나를 모르게 되는 일
몰라는 몰아(沒我)라고 누군가 말했지

물결과 바람은 따라다니며 발자국을 지워 주고
나는 계속 찍어 대고

가르치는 파도도 배우는 나도
해 저물도록 진도는 더디기만 해

풍장도 수장도 좋으나 아직은
집게발 없는 게처럼 누워 밤을 건너야 한다

* 델리아 오언스, 김선형 옮김, 『가재가 노래하는 곳』(살림출판사, 2019).

심야 극장의 그랑 블루

심야는 심연이다
불면이 일상인 자들의 심야 극장

그가 내려간다
단 한 번의 숨으로
해저
50미터
70미터
100미터
.

.

.

두껍게 출렁이는 물의 천장
귀 먼 청동의 고독 속으로
그가 내려간다
다정한 목소리를 외면하고
그가 내려간다
홀로 객석에 앉아
그를 보는 동안

몸이 차가워진다
물속은 따뜻하다고
그가 말한다
검은 양수 속으로
파랑(波浪) 없는 적막 속으로
따라가는 동안
앞자리 연인들은 입맞춤에 여념이 없다
눈먼 심해어들의 짝짓기는 어떨까?
우리 손가락 끝에는 비늘이 약간 남아 있다고
키냐르가 말했지
영화는 데본기로 돌아가는
날들의 무거운 돌림노래를 부르고 있다
나선형의 물 계단 짚어 가는
역진화의 시간 속으로
지느러미 없이 가고 있다
다만 홀로, 끝없이
가도 가도
바닥 없는
마리아나해구 같은

심야 극장의 밤

지상의 프리 다이버

나는 어느 지질시대의 어류인가?

촌충

녀석에게 감염됐다. 충실한 숙주가 됐다. 한 번 들어온 촌충을 빼낼 방법은 없다. 그와의 동거 후 일상의 모든 것이 송두리째 바뀌었다. 식욕과 성욕, 상식, 익숙했던 화법, 낮과 밤…… 그치지 않는 미열, 환청, 환시, 메스꺼움…… 날면서 자는 새들처럼 잠 속에서도 깨어 있는 밤. 기이한 통증 속에서 오직 녀석만을 생각한다. 검은 카르마의 수첩을 뒤적인다. 어떤 빌미도 없이 녀석은 날 점해 버렸다. 녀석의 허기는 끝도 없어 눈뜨기 무섭게 먹어 대지만 먹을수록 나는 노랗게 야위어만 간다. 목뼈에서 꼬리뼈까지 휘어지는 척추처럼 내 몸뚱이를 점령해 가는 촌충. 무럭무럭 자라난 녀석이 어느 날 전두엽으로 영토를 넓혀 갈 즈음, 나는 한 권의 책을 탈고하리라. 녀석의 빨판 같은 눈과 귀, 심장으로 써 내려간 이야기. 배 속의 촌충을 마디마디 뽑아내듯 토해 낸 이야기. 껍질뿐인 나는 점점 더 사라져 가겠지. 인터뷰 요청이 있겠으나 응할 수 없으리라. 참을성 없는 사람들이 무례히 문을 열었을 때 그들이 발견하는 건, 어둑한 방 안에 죽은 듯 엎드린 거대하고 희디흰 촌충 한 마리, 뿐일 것이니…….

*마리오 바르가스 요사의 친구 호세 마리아의 이야기이며 나와 당신의 이야기.

느닷없이

기침이 터져 나온다

다 어디로 간 걸까
밥보다, 약보다
더 많이 삼킨 말들
바싹 마른 입으로
씹지도, 뱉지도 못하고
벌게진 얼굴로
우물우물
내 검은 우물 속으로
밀어 넣은 말들
다 어디로 간 걸까
엑스레이로도
잡히지 않는
체증의 말들

잠긴 화장실 앞에서
변의를 참느라 쩔쩔매는
꿈들이 이어지는 밤

때때로
삭지 않은 여물처럼
명치를 치받고 올라와
울컥!
네 얼굴 위로
쏟아지려 하다
다시
꿀걱
삼켜 버리는
역류의 말들
쓸개즙에 버무려진
되새김질의 말들

때로 느슨해진 괄약근을
녹슨 문처럼 열고
발작적으로 쏟아지는
말, 말의 수족들

Color Hearing

벌어진 당신 입에서
싯푸른 소리가 뿜어져 나온다
붉은 목젖을 뚫고 분수처럼 치솟는
야청빛
마주 선 내 체온을 떨어뜨린다
심장 위에도 소름이 돋는 듯하다
뭔가 답을 해야 하는데
그게 아니라고, 오해라고

    동종의 푸른빛이어도
    스카프타펠의 빙하는 어찌나 아름답던지
    아름다워서, 단지 그 아름다움만으로
    사람은 울 수도 있다는 생각을 한다
    빙하 녹은 물처럼 주체할 수 없이 흘러내리던
    눈물을 생각한다

바라던 답을 듣지 못한
당신 입에서 와인 찌꺼기 같은 침이 튀어
멍한 내 얼굴을 보랏빛 얼룩으로 물들일 때

모차르트는 앙칼진 장모의 잔소리를 들으며
밤의 여왕 아리아 악상을 떠올렸다는데
나는 오로지 빛깔만을 듣는다
보라, 보라의 근원에 대해서만 생각한다

내 말만큼 느린 지중해 가시달팽이
만이천 마리 가시달팽이를 끓여 얻는 손톱만큼의 보라
달팽이의 피, 말이 되지 못한 고통의 진액*
나는 다만 보라를 듣는다

* 류신, 『색의 제국』(서강대학교출판부, 2016).

스르륵

불화다
나와 손
손과 사물의

잡았던 것을, 그리 여긴 것을 자꾸 놓친다
물컵, 약병, 펜, 식칼, 약속, 초심, 다짐…… 그리고 당신

미끄러져
깨지고, 불가해지고, 뒤틀리고, 더럽혀지고, 핏줄을 끊
고……
더러는 아예 사라진다

지문이 점점 무늬를 잃어 가는 동안,

페이지 터너

오래된 거울 뒤 수은처럼
눌러도 소리 나지 않는 흰 건반처럼
왼쪽 뒤에서
조명 뒤에서
입김 없이
무게 없이
색깔 없이
연주 뒤 연주를 합니다
악상기호에 흔들리지 않고
비처럼 쏟아지는 박수 소리에 젖지 않고
긴 연주 뒤
더 긴 연주를 마치고
장식 없이
미소 없이
악수 없이
나는 접힙니다
악보의 마지막 페이지처럼
아예 없었던 자처럼

태양 나침반

떨고 있느냐

가리킬 곳 가리키면서, 온몸으로 정직하면서 떨고 있느냐

지평선 위 지구자장은 예측할 수 없는 파장을 일으킨다

까마귀좌 아래의 낯선 어둠, 극지의 막막함

천 번이어도, 만 번이어도 초행인 이 길

몸속에 방위를 지닌 채 태어난 실피움 나침반풀, 픽시스 나침반은하, 태양새

잊지 말자 나 또한 태양의 딸

새장 속에서도 철새의 이동 방향으로 쉼 없이 날개 치는 작은 찌르레기처럼

꿋꿋한 향일성의 붉은 떨림, 그 진동에 내 심장박동 맞

추었으니

떨고 있는 한
너와 나의 방위는 태양일 뿐이리니

새벽 4시
— G. G에게

당신의 낡고 낮은 의자, 한여름의 털외투와 장갑
부재의 음을 찾아 약음기 페달 위에 얹은
당신의 발을 사랑해

당신이 사랑한 북극을 나도 사랑해
기도하는 빈 손 같은, 끝도 시작도 없는 푸가 같은
얼음 벌판을 홀로 걸어가는 당신의 굽은 뒷등

보이저호에 담긴 선율이 목성에서 토성으로, 천왕성에서
해왕성으로 흘러가는 동안

어둡고 헐렁한 옷 속에 드문 별처럼 떠 있던 아름다운
녹회색 눈동자
문패를 떼어 내고, 신문을 읽지 않고, 장갑 낀 채 목욕하고
곰과 코끼리에게 말러의 곡을 들려주던

당신, 음표와 음표 사이 쉼표를 사랑하고
사랑받지 않기 위해 안간힘 썼던
당신을 나는 사랑해

단 한 줄의 시도 발표하지 않은 시인이
자신의 비밀을 담은 장밋빛 나무 상자*를 난바다로 흘려
보내듯
당신을 보낸 후

고기도 야채도 먹지 않던 빈 식탁 위에
색색의 알약들을 가지런히 차리네
새벽 4시
전화선을 타고 들려올 당신의 사라방드를 기다리며

* 미셸 슈나이더, 이창실 옮김, 『글렌 굴드, 피아노 솔로』(동문선, 2002).

백로의 백로

이슬 내린 백로(白露)의 새벽
나그네 노랑부리백로 한 마리

물가에 서서
긴 목 뒤틀어
제 모습 골똘히 바라보고 있다

노랑부리가
점점 검은부리로 변해 가는 것을

아름다운 치렛깃 하나하나 떨어져
겨울깃만 남는 것을

억새라는 새

억새의 털갈이가 시작되는 계절

날지 못하는 억새가
제 깃털을 뽑아 하늘로 띄운다

울음 같던 비가
밤새 얼어 첫눈이 되었다 하지만
실은 억새의 깃털이다

같은 모양이 하나도 없다
하루에 세 번 모습을 바꾼다는 억새
수천 수만 마리 새의 넋인 양
난분분 난분분

백발 같은 깃 하나로도
새가 완성되는 서녘 하늘
억새의 깃털 터는 소리 가득하다

떠나보낼 이름 하나
공중에 묻는다

야래향(夜來香)

달맞이꽃을 먹는다
피 붉은 박각시나방 깃을 치는 황혼

달맞이꽃은 바늘꽃과
그리움, 기다림의 진부한 꽃말

그러나
달처럼 창백한 얼굴로
달맞이꽃을 먹는 일은

잠자는 묵정밭 깨우는 일
달바라기 씨앗 품어
밤의 씨방이 되는 일

무럭무럭 자란 만삭의 달이
나를 찢고 나와
내지르는 첫 울음으로
이루지 못한 꿈에 피가 돌아

달거리 끊어진 무향의 몸
야차 같은 야래향으로
밤이슬 맺혀 피어나는 일

그럴 리야 차마 없겠으나

달맞이꽃을 먹는다
젖내 나는
바늘꽃과 야래향

붉나무

물관, 체관 닫힌 인왕하늘길을 오른다

근채류의 취향인 양 발에 뿌리가 벋어
칩거하는 날들 속에 성큼 들어선 생의 상강

해골바위 아래 갱년의 열기 같은 붉나무를 마주한다

시체를 화장한 뒤
뼈 줍는 젓가락을 만든다는 나무

수명 짧은 그 가지로
굳이 수행의 지팡이 삼는 심사는 무얼까

붉나무는
겹잎 사이 날개도 떼어 버리고
일월의 염도가 배인 여인처럼
짜디짠 열매를 달고 있다

차디찬 심연에서 저 홀로 뜨거운 붉은개복치

처럼 그의 피도 뜨거우리라 생각해 보는

생의 상강

귀면각

사막이 서걱서걱 입안에 물린다

하루하루 뇌가 줄어드는 그녀
울리는 전화를 받지 않고
누군가는 받지 않는 전화를 걸고 또 건다

거실 한구석
귀신처럼 서 있는 육각주 귀면각
더 이상 자라지도, 시들지도 않은 채
몇 년째 그 자리에 있다

식물도 비명을 지른다는데
목마름과 해갈의 반복 속에서
제 몸 깊숙이 조용한 가시를 꽂는
신의 손바닥

죽은 화초도 살려 내는 재주가 있는 그녀
죽어 가는 소뇌는 살리지 못하는 채

어제도 오늘도 아닌 자시(子時)의 어둠 속에서

무연히 바라본다
날개면에 돋은 작은 깃털들
날 수 없는 가시 깃털들

언제 물을 주었더라?

목마른 귀면각이
물 대신 자기 피를 삼키고 있는 건 아닌지
뇌 속이 문득, 건기의 소금사막처럼 아득해진다

봉안담

그가 떠났다

담벼락 한 장으로 남았다

친환경적 장묘라 했다

조화를 놓을 수도, 촛불 하나 밝힐 수도 없는
한 뼘

큰 눈 뜨고 죽은 그가

두 시간 동안 태워도 타지 않은 눈동자가

담 안에서 담 밖을 바라본다

어디가 안이고 어디가 밖인가?

그가 죽었다

담이 되었다

회색 담 뒤로

쓰레기 매립장이 산처럼 막아서 있다

서하(西夏)

은천(銀川)의 펜에서
피 냄새, 살냄새가 난다

글자를 쓰면 종이가 깊이 팬다

잃어버린 왕조의 왕릉처럼
불룩해지는 침묵 사이로

사라진 서하문자가 솟아오른다
칼끝으로 흘러내리는 피로 만든 문자

해독불가의 문자를 필사하는 펜촉
밑으로 아무르 검은 강물이 흘러

내 안으로 범람한다

백지의 거울 위에 비치는 인두신조(人頭神鳥)

문득 나의 전생이 궁금해진다

4부

새벽의 회화나무

숨겨 놓은

태양의 성기를 향해

머리 드는 새벽의 날갯죽지

육체를 떠날 부름 받은

푸르딩딩한 영혼의

무성한 광기

내 안의 죽은 대지로 뿌리 내리는

회갈색 회화나무

보라매

좁은 응방
오직 당신과 나

이글거리는 내 눈에서
당신은 한순간도 눈 떼지 않는군
집요하고 부드럽게
주야불이수(晝夜不離手) 인응일체(人鷹一體)
봉받이의 주문을 외며

하지만 소용없지 나의 매서움, 오만함
(허나 당신 손등 위 날고기, 뜀밥의 향기라니)

며칠간의 허기에 지쳐
야생이 체념으로 바뀔 즈음

당신은 순식간에 청, 홍의
시치미를 붙이지

그러곤 나를 받았던 그곳

기다림의 봉우리로 올라가
발목의 끈 풀어 주며 속삭이네

마음에 마음이 얹힌 순간
그리 여긴 순간
깨어난 야생의 힘과
길들임의 힘이 부딪친 순간

'매 나간다'
외침과 함께
숲속에서 튀어 오르는 꿩

나는 날아오르네

보라매에서 송골매로
비로소 당신과 나
머나먼 한 몸이 되어

예루살렘귀뚜라미

> 너희 모든 군사는 성을 둘러 성 주위를 매일 한
> 번씩 돌되 엿새 동안을 그리하라…… 제7일에는 성
> 을 일곱 번 돌며 제사장들은 나팔을 불 것이며……
> 그 나팔 소리가 너희에게 들릴 때에는 백성은 다
> 큰 소리로 외쳐 부를 것이라. 그리하면 그 성벽이
> 무너져 내리리니…… (여호수아 6장 3~5절)

귀를 나팔관처럼 열어
그의 울음소리를 지구 반대편 깊은 어둠 속에서
듣는다

귀는 가슴에서 너무 멀리, 그마저 하나씩 떨어져 있고
예루살렘으로 가는 길은 수많은 우여곡절의 골짜기 건너
지도에 없는 길

굳을 새 없는 예루살렘의 피
아무것도 아니면서 모든 것인 예루살렘*

예루살렘과 나 사이
지도리가 없다

사람의 몸속에 이렇게 견고한 여리고가 있다니

해독되지 않는 고문서 같은 밤
두 무릎 사이 얼굴 묻은 채

더듬이가 퇴화된
예루살렘 예루살렘 예루살렘귀뚜라미
그의 가냘픈 울음소리를 듣는다

태곳적부터의 모래 울음
들리지 않는 그 소리

* 리들리 스콧 감독의 영화 「Kingdom of Heaven」에서 살라딘의 대사.

자작나무, 골고다

일몰을 일출로 바꾼 자를 아느냐

수직 하나만으로 십자가를 이루는
기이한 기하학을 아느냐

이승과 저승의 경계에 선 자
언제나 찬 새벽인 자

한 치의 기울기도 허용치 않는
백악기의 등뼈 곁에서
기우뚱한 척추를 꼿꼿이 해 본다

그레고리오성가는 청중이 없는 노래
시작도 끝도 없는 노래
뼛속으로 스미는
바람의 그레고리오성가

말을 잃고 시간이 사라진 하늘내린터, 그 언덕에 서서

눈 감고, 귀 막고
본다, 듣는다
가슴 속의 골고다, 골고다

제 몸의 기름으로
서녘 하늘 태우는 자작

죄는 뼈 아닌 살의 소관이어서 기어코
살점 벗어 버린 채
백골의 그가 기다린다

밤의 반얀 트리

또 그 녀석이다
스멀스멀
아킬레스건을 조이며
종아리를 휘감고 둔부를 거쳐
서서히 목을 조르기 시작한다
부드럽고 집요하게, 죽지 않을 만큼
비명을 지르지 않을 만큼
몸의 사원을 타고 오르는 거대한 줄기

반세기 전
그날 밤을 기억한다
혼곤한 꿈속인 듯 선뜩한 느낌에 눈 떴을 때
눈앞 가득 비단뱀 같은 무수한 용수 가지
팔뚝 같은 줄기에서 벋어 내리는 공중 뿌리 사이로
초경의 새벽이 막 시작되고 있었지
설익은 열매 같던 몸뚱이 핏줄이 터지고 있었지

그날부터였던가
예고도 없이 스며드는 녀석의 출현

성(聖)과 성(性)의 어지러운 꿈속에 펼쳐지는
수만 마리 수간(樹幹)들의 난교
흠뻑 젖은 채 깨어나 보면
비몽사몽 신기루처럼 떠 있는
한 그루 울울창창 반얀 트리 숲

새벽 예배 다녀오시는 엄마의 가만가만한 발소리

사해 두루마리

등짐을 지고 태어난 자

굴러 떨어질 리 없는
슬픔의 물주머니를 이고

살구씨로 음문을 막은 채
갓 벗겨 낸 가죽 같은
사막의 하루를 건넌다

피가 차가워
떼로 있어도 혼자인 자

내가 가는 길은
들어가면 다시 나올 수 없는 곳

그늘 한 점 없는 오르막
독기 오른 검푸른 소소초
메마른 입안에 우겨 넣어
쓰고 달고 비린 내 피를 내가 마신다

독으로 고독의 독을 삼켜
재록양피지 같은 붉은 사막 위에 쓰는
사해 두루마리

피와 모래 뒤엉긴 발뒤꿈치의 문장이다

언젠가 사람들은
공포의 동굴에서
작은 뼈 하나를 발견하리라
희디흰

오디오북

밤새누군가읽어주는시를들으며자다깨다를반복하다

낯설고익숙한시인들여럿귓속을건너가다

달팽이관의여울속에징검돌처럼놓아두고싶은

시구도있으나어떤말도머무르지않는

사이사이꿈을꾸다

한마디말을위해온몸을비틀어야하는사내

구석에웅크려끊임없이웅얼거리는어린여자애

제팔을스스로잘라내는불가사리

오체투지로그어놓은지렁이궤적이햇살아래사라지는꿈

눈을뜨니여전히어둠

누구의것인지모를시귀(詩鬼)들이

야광별처럼천장위를떠다니다

테이블은 듣는다

죽어, 테이블이 되었다

테이블은 듣는다
오전 11시
그녀의 익숙한 발소리
노트북을 펼쳐 자판에 손을 얹은 채 멍하니 바라보다
어제의 이야기를 빠르게 이어 가는 소리
에스프레소 흙갈색 향기를 듣는다

테이블은 듣는다
오후 2시
결별을 고하는 남자의 얼굴을
바로 보지 못하는 채
외면한 여자의 가슴이 사선으로 갈라지는 소리
태중의 아기 숨소리
세피아빛 홍차 식어 가는 소리

테이블은 듣는다
오후 4시

깨알 같은 글씨의 계약서를 좌르륵 펼치며
채 읽기도 전에 서명란을 가리키는 우렁한 소리
아이스 아메리카노 얼음 부딪히는 소리

테이블은 듣는다
저녁 8시
연인들의 은밀한 눈빛이 오가는
소리 없는 소리
맞잡은 손으로 테이블은 잠시 데워지고
카페라테 우유 그림 보얗게 풀어지는 소리

빈 테이블 위
유령들의 독백처럼
점점이 흩어진 하루의 부스러기들
쟁반 위에 무심히 쓸어 담는 소리
듣는다, 테이블은
다만, 듣는다

제 이름이 낯선

노루궁뎅이(버섯)

벼룩이울타리(풀)

골리앗사자이빨(물고기)

나그네알바트로스(나방)

헤라클레스(풍뎅이)

시골처녀(나비)

도시처녀(나비)

봄처녀(하루살이)

나비사슴(민달팽이)

비너스의꽃바구니(해면)

비너스의 거들(해파리)

낙타가시(나무)

금빛버들잎(민달팽이)

촌티늑대(거미)

대륙접시(거미)

아무르납작풍뎅이붙이(딱정벌레)

딱딱이(새우)

하늘소(딱정벌레)

장님거미(진드기)

바다나비(바다달팽이)

바다천사(바다민달팽이)

붉은,

정육점에 가면 내가 있다
채식주의자였던 내가 있다

한 마리의 나는
단정하고 고요하다

신선할수록
고통은 선명하다

끝난 삶이
끝나지 않은 채
여전히 붉다

깊은 곳을 본 자(She who saw the deep)

송재학(시인)

> 알베이루 카에이루, 알바루 드 캄푸
> 스, 리카르두 레이스, 안토니우 모라,
> 토머스 크로스, 바랑 드 테이브, 헨
> 리 모어, 그리고 마리아 주제는 페르
> 난도 페소아의 이명(異名)들이다.

자각의 이름

　사물의 다채로움은 강기원의 다채로움이다. 호금조, 여
울고양이, 나비잠자리 다리, 물 도서관, 흐미, 비익조, 마리,
달빛의 달빛, 야래향, 귀면각, 그리고 심야의 심연으로 들어
가는 「심야 극장의 그랑 블루」처럼. 그곳은 "불면이 일상인
자들의 심야 극장"이기에 물속으로 하강한다. 극한의 수중
스포츠인 그랑 블루는 공기통 없이 바다 아래로 내려가는
프리 다이빙이다. 과거라는 시공간과 물속은 겹치는데, 물
속에서 강기원은 자신을 어류의 종족이라고 자각한다. 자
신이 다른 무엇이라는 자각의 심리, 그 시점에서 시집은 시

작한다.

예를 들어 "저 물이 왠지 너인 것만 같다"(「물 도서관」)는 구절은 사물의 존재에 공감하는 진술이다. 물은 자신의 의지로 빙하가 되었다가 다시 물로 채집되어 아이슬란드 물 도서관의 책이자 전시품이 된다. 대부분 녹아 버렸지만, 아직 녹지 않는 빙하의 눈동자는 물의 의지가 안간힘으로 작동되는 부분이다. 빙하의 눈동자는 고대 식물 실레네 스테노필라의 개화와 닮았다. 3만 년 동안 얼어 있던 실레네 스테노필라는 과학자들이 해동시키자 놀랍게도 꽃을 피운다. 사물의 핵심인 빙하의 눈동자와 실레네 스테노필라의 개화는 결국 시인의 목소리를 빌린다. "빙하 속에도 미로가 있다"(「물 도서관」)는 구절처럼 그것들은 유한('빙하')하면서도 무한('미로')의 지향성을 가진다. 유한 ── 무한의 존재자라는 시인의 발명은 사물들의 소리와 색채에 대한 메아리이기도 하다. 유한의 다층에 기대어 무한을 지향하는 존재자로서 강기원은 "정육점에 가면 내가 있다/ 채식주의자였던 내가 있다"(「붉은,」)라는 다중의 고유성을 드러낸다. 「붉은,」에서 채식주의자의 시선은 단정하고 고요하지만 자신의 영육이 고기임을 알고 있는 사람의 곤혹스러운 서사가 있다. "끝난 삶이 끝나지 않은 채 여전히 붉다"라고 했을 때 육질을 제공하는 짐승으로서의 끝난 삶은 '붉다'라는 색채 형용사로 이어진다, 통증을 촉발한 채. 같은 육신을 사용하는 다른 사유는 강기원 시에서 자주 작동한다.

「모린 호르」에서도 유한 ── 무한의 규칙이 잘 드러난다.

죽은 말은 갈기로 운다

죽은 말이 달려온다
쉼 없이 달려가는 사얀산맥처럼
달려온다
지축이 울린다
죽음 속 싱싱한 울음처럼 울린다

생전에 서서 잤던 말은
잠 속에서도 달렸고
죽음 속에서도 달린다

모린 호르
모린 호르

죽은 말은 갈기로 운다

달리고 달려와
밤의 허파 같은 달을 넘어
잠들지 못하는
죽지 못하는

내 귓속에 긴 숨을 불어넣는다
단내 나는 숨을

떼로 있어도
홀로였던 말

죽은 말이 한 사람을 껴안고
오래오래 달리고 있다
오래오래 울고 있다

———「모린 호르」

「모린 호르」에서는 "죽은 말이 한 사람을 껴안"은 지나칠
수 없는 감각이 돋아나 있다. 모린 호르는 말머리 장식을
한 몽골의 전통악기인 마두금이다. 모린 호르에 얽힌 전설
에는 사람과 낙타라는 두 존재의 죽음이 겹쳐져 있다. 새
로 생긴 무덤을 잊지 않기 위하여 새끼 낙타를 죽여 사람
의 무덤에 묻는 초원의 의식은 예사롭지 않다. 새끼 낙타
의 죽음을 기억하는 어미 낙타의 울음을 통해 초원의 무
덤은 쉽게 잊히지 않는다. 그러한 죽음을 기억하는 모린 호
르의 선율은 사람과 말의 정조를 동시에 따라가고 있다.
「모린 호르」에서 돋보이는 부분은 죽음을 기억하고 죽음에
서조차 돋아나는 "죽음 속 싱싱한 울음처럼" "죽은 말은 갈
기로 운다"라는 말(言)과 말(馬)의 역동성이다. 이 말은 어

떻게 달리는 걸까. 말의 '무한'한 질주의 동력은 아직은 살아남았으나 '유한'한 사람이 느끼는 생생한 죽음이다. 시인은 그 동력을 "죽은 말이 한 사람을 껴안고" 무한히 달리기 때문이라는, 죽음에서 다시 생으로 역류하는 상상력을 부여한다. 결국 우리는 죽음의 정념이 유한에서 무한으로 되풀이되는 순환적 시간 고리를 들여다보는 것이다. 그 질주를 "오래오래 울고 있다"라고 적는 미묘한 감정! 「모린 호르」에서 말의 역동성은 죽음과 생이 등가의 운동이라는 역설을 떠받치고 있다. "기르던 카나리아의 주검을 박제로 만든 후 이른 아침마다 박제의 울음소리를 들었다."라는 경험을 차용해 "이 별에서 저 별로 무사히 건너"간다는 「실연 박물관」의 구절도 「모린 호르」의 달리는 죽은 말과 다르지 않다.

감각 세계 내부의 경계들

유한과 무한의 감각을 가지는 것은 세계를 구축하거나 해체하는 방식이다. 여러 세계를 가진다는 의미이기도 하다. 페르난도 페소아는 우주의 끝없는 인과율에 대응하는 방식으로 다채로운 이명(異名)을 발명했다. 페소아의 이명인 '알베이루 카에이루, 알바루 드 캄푸스, 리카르두 레이스, 안토니우 모라, 토머스 크로스, 바랑 드 테이브, 헨

125

리 모어, 마리아 주제'는 가상의 인물들이면서도 생년월일과 일상과 세계관을 각기 부여받았다. 그들은 물론 페소아가 탄생시킨 페소아'들'의 생태계를 이루지만 페소아가 아니다. 그들의 고유한 문체, 인격, 목소리가 페소아와 다르게 변화 발전해 간다는 것은 페소아만의 독창성이다. 페소아의 '창작 기계'인 그들은 심지어 페소아의 문학을 힐난한다. 그들은 서로 다른 사람이기에 다른 자아처럼 행동했다. 가령 1931년 알베이루 카에이루가 발표한 시를 알바루 드 캄푸스가 산문 「내 스승 카에이루를 기억하는 노트들」에서 반복해 게재하는 것이 이채롭다. 그러하니 강기원이 페소아를 기억하면서 다시 호명하는 것은 익숙해 보인다. "테헤란로를 지나가는 페소아 씨/ 갸름한 얼굴에 동그란 안경을 쓰고 있다/ 모자 쓴 카에이루가 그 뒤를 그림자처럼 조용히 따르고/ 담배를 입에 문 채 길가 카페에 앉아 있던 캄푸스가 일어나 따라간다"(「이명(異名)」)는 구절에서 "이명"은 생활에서 유발되는 반발, 경계, 의혹의 생태계이다. 비범한 생활이 아니더라도 생활의 이면, 생활 너머 또 다른 내면으로 들어가는 입구는 무수히 많다. 각기 다른 내면과 입구마다 하나의 이름이 필요하다는 의미에서 페소아의 이명은 끊임없이 소환된다.

"가르릉을 버리니/ 아가미가 생기더군요/ 담을 넘지 않으니/ 부레가 부풀어요/ 긴 꼬리 감추니/ 어이없는 지느러미가 돋았죠"(「여울고양이」)라는 구절은 한 의식이 어떻게 다른 의식과 접변하는가에 대한 시인의 수집과 탐구이다. 여울고양이는 금강에서 서식하는 고양이 눈을 가진 물고기다. 빛의 양에 따라 눈의 크기가 달라지는 민물고기이지만, 환경 변화로 인해 멸종 위기에 있는 물고기다. 가르릉하는 울음과 아가미의 구체성은 구강 구조라는 점에서 동일하지만, '고양이물고기'와 '물고기고양이'는 서로 다르되 같은 종족이라는 점에서 강기원의 사물 인식은 존재가 가지는 어쩔 수 없는 겹의 계면에서 출발한다. 이처럼 강기원의 사물 인식은 형태적 유사성으로부터 서로의 몸이 바뀔 가능성을 암시하며 존재가 갖는 어쩔 수 없는 겹의 계면을 드러낸다. 모든 존재는 즉자와 대자로 구별할 수 있다. 즉자(卽自)라는 의식 없는 존재는, 예컨대 돌은 돌이라는 자체 동일성을 가지고 영원히 돌 자체로 존재하는 것이다. 대자(對自)적 존재로서 인간은 의식이 있고 의식의 본질은 무엇을 사유하는 자기 동일성이란 특성을 가진다. 즉 인간은 자체적 존재가 아니라 자기 동일성의 회로로 존재하는 생명체이다. 인간은 완전체가 아닌 불완전체이기에 타자 — 외부에 대한 욕망을 당연히 발산한다. 문명의 불안한 세계에 대한 강렬한 관심이 붙잡은 돋을새김한 풍경이 전면에 등장한 까닭이다. 강기원의 독특한 점은 그 풍경 속에서 자신의 개성을 반드시 찾아낸다는 점이다.

나는 한때 강기원이 "개별자라는 인과를 오래 만들고 있다."혹은 "강기원이 주목하는 감정은 타자들 역시나 — 우리와 다를 바 없는 감정의 소유자이기에 자아라는 윤리적 접변 현상이 빈번하다."라고 생각했으며 그것은 아직도 유효하다. 이번 시집에서 그러한 현상은 유한과 무한의 폭과 깊이를 증폭하며 또렷이 드러난다. 예컨대 "한 발은 안에/ 한 발은 밖에"(「현관」)라고 했을 때 그 사람은 안(유한)에 있거나 밖(무한)에 있어도 여전히 "밤의 현관에 서 있"는 사람이거나 "현관에 고인 찬바람 속의 사람"이다. 다시 말하면 무한 — 유한의 세계에서 존재한다는 것은 '밤의 현관'이나 '찬바람 속'에 서 있는 행위이기도 하다. 유한은 무한의 일부이다. 무한의 입장에서 보면 유한까지의 통로는 늘 개방되어 있다. 유한 — 무한의 구별은 강기원에게 다른 공간의 이질성이 아니라 서로 삼투하거나 길항하는 동질의 세계이다. 유한 — 무한이 은유에서 벗어나면 현실 — 환상의 이름이기도 할 터이다.

현실과 환상의 건축법

강기원의 유한 — 무한의 세계에서 아름다움은 어떻게 건설되는 것일까?

누가 이렇게 예쁜 이름을 지어 줬을까?

나비잠자리 다리 아래를 지나며
우리가 될 수 없던 우리는
서로에게 물어보았지

나비도 잠자리도 올 리 없는 겨울에
가느다란 나비잠자리 다리처럼 위태로운 날들을 건넜지

부서지기 쉬운 담청색 날개
눈부시게 산란하는
검고 푸른빛

원인을 알 수 없는 편두통이 계속되었어

나비 닮은 잠자리 나비잠자리
잠자리 닮은 나비 잠자리나비

투명잠자리나비는 날개가 너무 투명해서 그저
아른거리는 것 같다고 네가 말했던가

나비잠자리에서 잠자리나비로 끝날 사랑을 말하는 것 같
았는데

다리를 건너와 뒤돌아보니

다리는 온데간데없이

방금 전까지 들었던 네 목소리는 잔향도 없이

계절을 잊고 잘못 찾아든 곤충처럼

나는 혼자 서 있네

갈림길 많은 여우길 한가운데에

—「나비잠자리 다리」

　기정의 정경을 드러내는 시편 「나비잠자리 다리」는 상실의 감각에 천착하고 있다. 나비잠자리 다리가 과연 존재하느냐는 의문은 나비잠자리 다리가 정치하고 세밀한 환상의 설계임을 증거한다. '나비잠자리 다리'라는 아름다운 이름을 가진 다리는 "우리가 될 수 없던 우리는/ 서로에게 물어보았"던 의문과 동류항이다. 그 이유는 "나비도 잠자리도 올 리 없는 겨울에/ 가느다란 나비잠자리 다리처럼 위태로운 날들을 건"너야 하는 시절을 견디기 때문이다. 그러므로 시인은 원인을 모르는 편두통과 함께 나비잠자리 혹은 잠자리나비라는 환상에 시달린다. "갈림길 많은 여우길" 한가운데에 시인은 혼자 서 있다, 잃어버린 다리의 환상을 다시 찾아서. 시집 도처에서 보이는 이러한 현실과 환상의 뒤섞임 그리고 혼란은 대자적 존재자로 서로를 향하는 기의를 잠재하고 있다. "물이 반쯤 담긴 컵 속에/ 그의 입술이 남아 있다"(「숨은그림찾기」)라고 했을 때 처음 그것은 입술의 흔적이었다가, 그가 사라지고 나서는 흔들의자에서 그의 다리를 찾아내고("해바라기하던 흔들의자의 한쪽 다리/ 가만히 보니 흔들리던 그의 다리다"), 그의 검은 가방 속에서 그의 '웅크린 그림자'와 마주친다. 이것은 "환청인 듯 아닌 듯" 시인을 덮친다. 환청이면서도 아닌 소리는 「흐미」에서도 지속된다. 흐미는 몽골에서도 특수한 재능을 가진 사람이 부르는 노래이다. 목에서 나오는 소리와 배에서 나오는 소리, 하나의 몸에서 나오는 두 개의 소리로 부르는 노래가 흐미다. 그 목소리는 "북두칠성에 흰 우유를 뿌리는 유목민"의 옛날을 생각하게 하는 정령의 노래이다. 그것은 "모래시계를 몇 번이나 뒤집어야 이번 생이 뒤집힐까/ 화살촉 하나로 일곱 개의 별을 쏘는 날이 오기는 올까"라는 환상과 연결된다.

주술과 서정의 얼개

현실과 환상은 사물과 언어의 주술을 육화시키려는 정령주의의 전개이다. 단순하게 말하자면 정령주의는 모든 사물에 영혼이 있다는 개념이다. 물신숭배 또는 만유정령

설이라고도 번역되는 애니미즘의 수용은 강기원의 윤리학에 가깝다. "썰물이 쓸어 갈 수 없던 것들이 해변에 남아 있"(「파도의 교실」)는 현실에는 "엽낭게의 작은 발, 죽은 별, 부서진 화석, 어지러운 발자국"도 있지만, 무엇보다 "혼(魂)으로 가득한 하늘/ 백(魄)으로 빽빽한 모래"의 흔적이 있다. 그것은 유한 ── 무한의 세계이면서도 다채로운 세계의 입구이기에 "파도를 배우는 일은 나를 모르게 되는 일"이라는 주술과 서정의 학습이 된다. 시인은 사람이 쉽게 볼 수 없는 것을 보는 사람이다. 기원전 1300~1000년 사이 아시리아 시인 신레케 운니니가 수메르어 길가메시 서사시의 아카드어 판본을 편집했다. 이 판본의 제목은 "깊은 곳을 본 이(He who saw the deep)"이다. 강기원의 시에서 흔하게 만나는 이국적 소재들이 가진 기억이라는 정념(「메르헨」)과 비밀스럽고 사적인 경험치의 틈입(「마리」) 역시 그러한 생활의 주술이라고 짐작된다. 시 「메르헨」과 「마리」의 분석을 통해서 강기원 시인의 미시적 세계관을 엿볼 수 있다.

외견상 동화에 가까운 「메르헨」은 강기원에게 와서 기억이라는 기표를 소재로 재구성되었다. "친구가 생겼어요 엄마 이니셜만 말해 줄게요 a와 t에요 a는 삼백 년 전에 죽은 남자애 t는 사십 년 전에 죽은 여자애"라는 도입부는 방금 산산이 부서진 유리그릇에서 흘러나온 액상처럼 선연하다. 새로 생긴 화자의 친구들은 엄마를 더듬어서 발명한 캐

릭터이다. "어제는 실핏줄을 뽑아 실뜨기를 했고", "그제는 셋의 머리카락을 모아 사막에서도 튀어 오를 수 있는 공을 만들었"고, "고장 난 벽시계는 멀쩡히 돌아가"는 환상의 실루엣이 그 배경이다. 하지만 내 간식을 챙겨 주지 않는 엄마는 친구들이 소리를 질러도 잠들어 있을 뿐이다. 나는 점점 친구들을 닮아 가고 엄마와는 점차 멀어진다. 그리하여 "생일도 기억 못 하는, 가출을 해도 모르는, 꿈마다 울며 찾아야 하는 엄마는 이제 안녕! 내게도 친구가 생겼"다는 상처! 하지만 안녕하고 작별했던 엄마가(혹은 엄마에 대한 기억이) 사실은 내 친구의 정체성이자 본질이라는 끔찍한 환원이 준비되어 있다. 「메르헨」은 엄마와 감정을 완전히 공유하지 못하는 아이의 내면을 "누군가 흘린 피에서 엄마 냄새가 난다"는 잔혹 동화의 플롯으로 그린다. 이 시편에서 가장 주목할 부분은 엄마의 감정을 대신하는 a와 t이다. a와 t는 아이의 친구이다. "a는 삼백 년 전에 죽은 남자애 t는 사십 년 전에 죽은 여자애 a가 먼저 오고 곧이어 t를 데려"온 서사는 서늘한 충격이다. 즉 a와 t는 이승을 떠돌던 어린 영혼들이다. 왜 엄마의 내면에 a와 t가 있었는가. 우선 a와 t의 유형을 알아볼 일이다. 그 영혼은 깊은 숲과 긴 지하 창고를 좋아하고, 구르고 뛰고 괴성을 지르는 영혼 — 아이다. 그들이 엄마의 감정을 대신한다면, a와 t는 무서운 존재가 아니다. "죽은 남자애" "죽은 여자애"라는 진술은 엄마의 억압된 심리 상태의 표상이다. a, t가 엄마의 어린 시절이자 억압된 심리 상태라 짐작된다면, a, t와 노는 "아이"(화자)의 모습 또한 엄마의 어린 시절의 반복으로 볼 수 있고, 여기에서 잔혹 동화의 플롯이 반복된다고 볼 수 있다.

시 「마리」의 주석에 의하면, 마리 카타야마(Mari Kata-yama)는 일곱 개의 손가락, 절단된 다리를 가진 자기 몸을 오브제로 작업하는 일본의 사진작가이다. 잔혹 미학이랄 수 있는 일본 문화의 한 갈래는 강기원에게 와서 시 「메르헨」에서 시도되었던 외로움의 정체성에 한 걸음 더 다가간다. 일본 문화의 본류라면 유현의 미학을 떠올릴 수 있지만, 주류에서 소외당한 감정이 분출한 잔혹한 세계관 또한 일본 문화의 한 갈래이다. 다 벌어지고 해지고 피가 새는 곳을 꿰매어야 하는 '마리'가 있다. 그런데도 인형인 마리는 신음하는 사람이고자 한다. 마리에게 레이스와 구름과 촉수와 하이힐은 벌어지고 해지고 피가 새는 곳을 기억하려는 관습이자 버릇이다. 가장 외로운 고래는 52헤르츠의 주파수로 노래하고 있어 소위 '52'로 불린다. 보통 고래들은 17~18헤르츠로 노래하기에 '52'와 소통할 수 있는 고래는 없다. 따라서 '52'는 외로움의 이유도 알지 못하는 고래다. 타자와의 교감이 없는 '52'와 같은 마리는 거울을 설치한다. 거울은 타자의 얼굴을 비추도록 설치되어 있다. 그것도 자기 얼굴 위에. 거울은 타자를 비추기도 하지만 자신을 먼저 복사시키려는 욕망이다. 결국 우리가 모두 마리라는 인식이 마지막 결구를 탄생시킨다. "네가 엎드린 곳, 네가 주저앉은 곳, 네가 모로 쓰러진 곳/ 그곳은 어디나 한 마리 섬/ 아름다운 섬 한 마리"라는 자각. 하지만 그 자각의 섬은 모로 쓰러진 곳이기에 '아름답다'라는 시인의 말은 처절하게 묵음 처리된 '섬'이다. 시 「마리」에서 강기원이 차용한 아름다움은 상처를 가려 주면서 상처를 상기시키는 개념으로 사용되고 있다.

「메르헨」과 「마리」의 연장선에서 「검은 봄」이라는 풍경의 숨결이 다가온다.

> 상상임신한 독수리가 한 달째 돌멩이 품는
> 봄
> 대관령 햇무리 아래 세 개의 태양이 뜨는
> 봄
> 서서히 식어 가는 백색왜성, 속수무책 바라보는
> 봄
> 대지의 하혈, 붉은 비 흐르는
> 봄
>
> ──「검은 봄」에서

왜곡되고 기이한 '검은' 봄은 주술의 영상이지만 현실과의 인과를 드러내면서 현실이 떠받치는 계절이다. 독수리는 돌멩이를 품으면서 자신의 영속성을 주장하지만, 그것 또한 환상일 뿐이다. 현실의 복제품이 아니라 환상이 자신의 존재 이유가 된다는 것, 그것은 또 다른 심연의 지속이면서, 현실 세계를 지탱하는(간신히, 라는 단어를 덧붙여야 하지만) 질료이기에 환상과 현실은 대립자이면서 서로를 물들이는 동반자이다. 자신의 존재가 행간마다 도드라지고 지구의 넓이까지 괴로워하는 시인이 투영되기 때문이다. 고대의 주술이 기원에서 시작되었다면 현대의 주술은 불화일 수밖에 없다. 기원에서 불화로 바뀐 주술과 서정이 강기원의 시적 소실점이다.

영성의 도착

주술을 통해서 도달하는 지점은 시대를 막론하고 영성이다. 인간이 영성을 개발하기 시작한 구석기시대가 끝나고 신석기시대가 되자 신전이 등장한다. 나투피안 문명에서 농사와 집단 주거를 시작했던 1만 2천 년 전, 터키 남동부 고원의 괴베클리 테페 언덕에 신석기인들이 모여서 거대한 석회암 거석을 축조했다. 돌 하나의 높이는 대략 5~6미터, 무게는 10~20톤까지 나가는 T자형의 석회암 거석들이 모여서 원형을 이룬 제식용 장소이다. 거석들은 모두 200여 개, 원형은 대략 20여 개다. 저 규모의 거석 하나의 높이와 무게란 사람 500명의 노동력이 필요하다. 돌마다 사자, 들소, 영양, 독수리, 오리, 뱀, 전갈, 거미 등을 정교하게 부조

했다. 그리고 추상의 기호들도 새겨져 있다. 괴베클리 테페의 거석 유물은 약 2천 년간 유지되는데 1기, 2기, 3기 시대별로 나누어진다. 흥미로운 것은 후대로 갈수록 완성도와 기술이 퇴보한다.

"일몰을 일출로 바꾼 자를 아느냐"(「자작나무, 골고다」)라는 질문에서 장을 간추릴 수 있다. 일몰이 환상의 입구라면 일출은 현실의 자리이다. 일몰이 일출이 될 수 있다는 사유에는 반복되는 매일의 생이 너에게 어떤 의미냐는 응시가 있을 터이다. 일출이 우리의 얼굴이라면 일몰은 얼굴이 감싸고 있는 해골, 일몰만 따로 보자면 구더기가 우글거리는 해골이다. 왜 얼굴은 그럴듯한데 해골은 끔찍한가? 안과 밖, 보이는 것과 보이지 않는 것이 어떻게 몸을 바꾸느냐는 질문의 경건함과 괴베클리 테페 신전의 경이를 오버랩시켜 보면 영성이 인간에게 어떤 배역인지 생각하게 된다.

> 죄는 뼈 아닌 살의 소관이어서 기어코
> 살점 벗어 버린 채
> 백골의 그가 기다린다
>
> ——「자작나무, 골고다」에서

죄는 뼈가 아닌 살의 영역이라는 점에서, 인간의 의식은 영혼의 상징인 뼈가 아니라 살이라는 현세의 감정에 붙들려 있음을 알 수 있다. 인간의 영성이란 바로 뼈라고 시인은 진술한다. 왜 뼈인가. 그것은 살과 달리 곧장 소멸되지 않고 오래 남아 인간의 행위를 증거한다. 오래 남는다는 점에서 뼈는 기억 ── 기록의 의미를 더해 살과 대비가 된다. 영성의 재발견을 노래하는 「사해 두루마리」에서도 뼈는 인간 의식의 근원이다. "언젠가 사람들은/ 공포의 동굴에서/ 작은 뼈 하나를 발견하리라/ 희디흰"(「사해 두루마리」) 구절에서 인간 영성에 대한 강기원의 간절한 서원과 마주친다. 그렇게 우리 현대시는 뼈에 관한 상상력을 첨부하게 된다.

　　벌어진 당신 입에서
　　싯푸른 소리가 뿜어져 나온다
　　붉은 목젖을 뚫고 분수처럼 치솟는
　　야청빛
　　마주 선 내 체온을 떨어뜨린다
　　심장 위에도 소름이 돋는 듯하다
　　뭔가 답을 해야 하는데
　　그게 아니라고, 오해라고

　　　　동종의 푸른빛이어도
　　　　스카프타펠의 빙하는 어쩌나 아름답던지
　　　　아름다워서, 단지 그 아름다움만으로

사람은 울 수도 있다는 생각을 한다
빙하 녹은 물처럼 주체할 수 없이 흘러내리던
눈물을 생각한다

바라던 답을 듣지 못한
당신 입에서 와인 찌꺼기 같은 침이 튀어
멍한 내 얼굴을 보랏빛 얼룩으로 물들일 때

모차르트는 앙칼진 장모의 잔소리를 들으며
밤의 여왕 아리아 악상을 떠올렸다는데
나는 오로지 빛깔만을 듣는다
보라, 보라의 근원에 대해서만 생각한다

내 말만큼 느린 지중해 가시달팽이
만이천 마리 가시달팽이를 끓여 얻는 손톱만큼의 보라
달팽이의 피, 말이 되지 못한 고통의 진액
나는 다만 보라를 듣는다

— 「Color Hearing」

상처를 지우는 것이 아니라 상처를 남기는 방식으로서
의 치유를 말하는 기이하게 아름다운 이 시는 영성의 특
징을 고스란히 받아들인다. 상처를 잊어버리면 완전한 치
유가 되지 않는다는 점에서, 상처의 흔적을 남기는 치유의

방식은 인간의 문명이랄 수 있다. 비명을 싯푸른 색채의 문양으로 전이시킨다는 것은 일종의 기록이다. 흩어지려는 소리가 아니라 기어이 색채로 남으려는 기록이기에 날카로워지고 두려우면서도 오래 지속되는 고통의 전이이다. 소리에서 색채로 바뀐 절규 앞에서 체온은 낮아지고 소름이 돋는다. 그때 색채는 소리의 증폭자이며 전달자이다. 스카프타펠의 빙하처럼, 빛과 색채의 아름다움이 두려움이라는 근원에서 영성의 정화에 다다른 자의 의식이 있다. "만이천 마리 가시달팽이를 끓여 얻는" 손톱만큼의 보라라는 색조는 가시달팽이의 고통이 말이 되지 못했을 때 남긴 침전물이다. "말이 되지 못한 고통의 진액"이라는 구절 앞에는 '말이 되지 말자', '말이 되고서도'라는 부분이 삭제되었으리라 짐작한다. Color Hearing은 공감각이면서도 탈경계를 의미하는 개념으로도 사용된다. 강기원이 수용하는 색채는 그러므로 아름다움일 때 눈물이면서, 소리일 때 고통의 체험이다. 가히 색채의 전집이었던 전작인 『지중해의 피』(민음사, 2015) 이후 강기원의 색채 감각은 고통의 치유라는 메커니즘으로 확장되었다. 그것은 관습에의 해방과 "끊임없이 타자가 되려는 연습 ── '역할'의 나르시시즘"*처럼 현실 ── 환상에 대한 질문의 거듭남이다.

---

* 구모룡, 「시의 이의제기」, 『폐허의 푸른빛』(산지니, 2019).

지은이   강기원

서울에서 태어나 1997년 《작가세계》 신인상으로 작품 활동을 시작했다. 시집 『고양이 힘줄로 만든 하프』 『바다로 가득 찬 책』 『은하가 은하를 관통하는 밤』 『지중해의 피』, 시화집 『내 안의 붉은 사막』, 동시집 『토마토 개구리』 『눈치 보는 넙치』 『지느러미 달린 책』이 있다. 김수영문학상을 수상했다.

다만 보라를 듣다

1판 1쇄 찍음 2021년 11월 8일
1판 1쇄 펴냄 2021년 11월 19일

지은이 강기원
발행인 박근섭, 박상준
펴낸곳 (주)민음사

출판등록 1966. 5.19. (제16-490호)
서울특별시 강남구 도산대로1길 62(신사동)
강남출판문화센터 5층 (06027)
대표전화 02-515-2000 / 팩시밀리 02-515-2007
www.minumsa.com

ISBN 978-89-374-0912-7 04810
      978-89-374-0802-1 (세트)

• 이 시집은 2021년 경기도 경기문화재단의 지원으로 발간되었습니다.
• 잘못 만들어진 책은 구입처에서 교환해 드립니다.

민음의 시

민음의 시
목록